Copyright © 2024 Francisco Marques
Copyright ilustrações © 2024 Taisa Borges

Editora
Renata Farhat Borges

Editora assistente
Ana Carolina Carvalho

Revisão
Mineo Takatama

Diagramação
Lívia Corrales

Dados Internacionais de Catalogação na Publicação (CIP) de acordo com ISBD

B712s   Bonecos, Francisco Marques Vírgula Chico dos
Seis meses depois... / Francisco Marques Vírgula
Chico dos Bonecos ; ilustrado por Taisa Borges. - São
Paulo : Peirópolis, 2024.
48 p. : il. ; 22cm x 26cm.

ISBN: 978-65-5931-319-8

1. Contar histórias. 2. Narração de histórias. 3. Conto popular. 4.
Literatura oral. 5. Fábula. 6. Reconto. I. Borges, Taisa. II. Título.

CDD 372.61
2024-704   CDU 808.543

Elaborado por Vagner Rodolfo da Silva - CRB-8/9410
Índice para catálogo sistemático:
1. Contar histórias 372.61
2. Contar histórias 808.543

1ª edição, 2024

Também disponível nos formatos digitais
ePub (ISBN 978-65-5931-318-1) e KF8 (ISBN 978-65-5931-322-8)

Editora Peirópolis Ltda.
Rua Girassol, 310f – Vila Madalena
05433-000 – São Paulo – SP – Brasil
Tel.: (55 11) 3816-0699
vendas@editorapeiropolis.com.br
www.editorapeiropolis.com.br

A Editora Peirópolis,
repleta de sapituca, apresenta

Seis Meses Depois...

Francisco Marques Vírgula
Chico dos Bonecos

Ilustrado por Taisa Borges

editora
Peirópolis

O poema é a fruta.
A poesia, o sabor.
O poema está no livro.
A poesia, no leitor.

Para

María Teresa
Bernardo
Martín
Raúl

netas e netos

Na Floresta da Brejaúva, existia uma árvore alta, muito alta, repleta de galhos e folhas, e bordada de frutas. E quem comesse aquela fruta ficaria com muita saúde e sapituca.

Mas, e este é o primeiro "mas" da história, os bichos da Floresta da Brejaúva não podiam comer a bendita fruta. Será por quê?

A árvore está ali, senhora de si, e os bichos ao redor, senhores de si. Aparentemente, nada está impedindo os bichos de comer a tal fruta. Vocês estão observando algum impedimento?

Uma vez, uma criança respondeu:

— É porque a árvore é invisível!

Eu passei muito tempo assim, matutando, especulando, imaginando, até descobrir o verdadeiro motivo: para desgrudar a redondinha do galho, era preciso falar o nome da fruta. Isso mesmo: o bicho devia chegar lá debaixo da árvore e pronunciar o nome muito bem pronunciado — só assim o galho libertava a fruta, e o bicho, nhoc! E se, por acaso, muito por acaso, a fruta desgrudasse do galho sem ter o seu nome pronunciado... a fruta virava pedra.

Mas, e este é o segundo "mas" da história, somente um bicho, em toda a Floresta da Brejaúva, sabia o bendito nome da bendita fruta. Que bicho será esse? Vou dar uma dica de nadica: o nome desse bicho rima com "mariposa".

Uma vez, uma criança respondeu:

— Marimbondo!

Mariposa... Raposa! Isso mesmo! E de vez em quando, e de quando em vez, um bicho aparecia em sua toca e toc-toc-toc:

— Dona Raposa, como é o nome da fruta?

E vocês acham que a Raposa respondia? Não?! Pois eu digo para vocês que a Raposa respostava. Como?! Respondia errado?! Pois eu digo para vocês que a Raposa respondia corretamente. Repito: corretamente.

Mas, e este é o terceiro e derradeiro "mas" da história, o nome era um verdadeiro xis-bola-parafuso-guindaste, quer dizer, um pouco isbroglótico, ou, simplesmente, complicado. E a Raposa, muito Raposa, tratou de morar bem longe daquela árvore. Assim, misturando a distância da estrada com a complicação do nome... Conclusão: os brejauvenses jamais conseguiam aprender o nome da fruta.

Numa bela manhã de chuva, raios, trovoadas e ventanias, a Tartaruga acordou disposta a desvendério esse mistar, quer dizer, a desvendar esse mistério. A Tartaruga pegou o mapa que indicava o caminho da toca da "rima da mariposa", pegou a sua viola, a inseparável violinha, guardou tudo dentro do casco e partiu lentamente, vagarosamente, tartarugamente.

Seis meses depois, parou na toca da dita-cuja e toc-toc-toc:

— Senhorita Raposa, por obséquio, poderia me informar o nome da fruta?

A Raposa, mesmo sem saber o significado da palavra "obséquio", olhou fixamente nos olhos da Tartaruga e sapecou:

— O nome da fruta é frutapépretopápratapópápópé.

Uma vez, uma criança levantou os dois braços e anunciou:

— *Maçã!*

A Tartaruga, coitada... A Tartaruga mal conseguiu catar a primeira sílaba e enganchar na segunda... E catapimba! O silabário saiu voando, soltando faísca.

— Senhorita Raposa, por obséquio, poderia repetir o nome da fruta e, se possível, mais tartarugamente?

Sem pestanejar, a Raposa pitibiribou:

— Neca de pitibiriba. Eu já falei, não falei? Já cumpri com a minha obrigação. Se você não aprendeu, problema seu.

Vejam só se isso é jeito de responder. A Tartaruga ficou com cara de tacho. E a Raposa, com cara de Raposa.

Vamos combinar o seguinte...

Nós vamos paralisar a história nesta cena, exatamente nesta cena, e vamos sair de dentro da história. Do lado de fora, vamos aprender o abracadabrante nome da fruta. Depois, voltamos para dentro da história e acompanhamos o finério desse mistal, quer dizer, o final desse mistério.

Vamos sair com muito cuidado para não esbarrar no cenário...

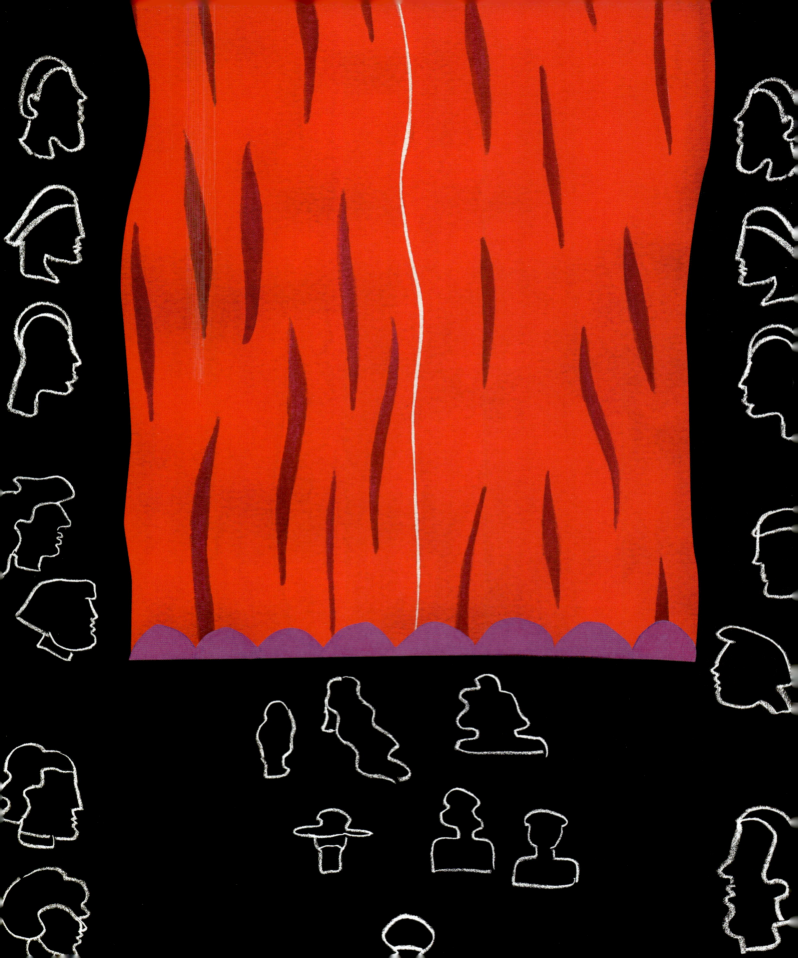

Pronteco terereco!

Lá estão as nossas personagens... A Tartaruga com cara... Isso mesmo! Cara de tacho. E a Raposa com cara...

Uma vez, uma criança falou assim:

— E a Raposa com cara de feliz!

Respirando profundamente... E o nome da fruta vai pipocar. Eu falo um pedacinho e vocês repetem.

— Fruta pé. {...} Preto pá. {...} Prata pó. {...} Pá pó pé. {...}

Vamos dividir a plateia em dois grupos. O grupo de lá repete os dois primeiros pedacinhos:

— Fruta pé. Preto pá. {...}

E o grupo de cá, os dois últimos:

— Prata pó. Pá pó pé. {...}

Respirando profundalentamente... Eu falo o nome completo e vocês fazem o repeteco:

— Fruta pé. Preto pá. Prata pó. Pá pó pé. {...}

Maravilha! Merecemos uma salva de dedos!

E vamos voltar para dentro da história e ver como termina este roscolofe.

Paralisamos a história exatamente nesta cena: a Tartaruga com cara de tacho e a Raposa com cara de feliz.

E, agora, nós vamos desparalisar a cena...

A Raposa, reparadeira, meditativa, pensamentosa, conversava com a Dona Ventania:

— E eu, hein! Bobagem minha. O que custa repetir o nome? Acho que a Tartaruga é merecendenga.

E a Raposa bisou o palanfrório:

— O nome da fruta é frutapépretopápratapópápópé.

Hã! Neste instante, a Tartaruga teve uma ideia brilhante. Observem a rima: instante, brilhante. Rima cantante!
A Tartaruga teve uma ideia musical. Estão lembrados daquela viola que ela guardou dentro do casco lá no início da história?

A Tartaruga respirou profundalentamente, pegou a viola, ajeitou, afinou, esquentou a garganta, hummm, e destramelou a cantoria com sua voz de taquara rachada:

— Fruta pé.

Preto pá.

Prata pó.

Pá pó pé.

E a Tartaruga violeira, cantarolando, cantoralante, foi caminhando pela Floresta da Brejaúva.

Seis meses depois, chegando debaixo da árvore misteriosa, reuniu os bichos, assim como nós estamos reunidos aqui, e anunciou cantando:

— Fruta pé.

Preto pá.

Prata pó.

Pá pó pé.

E, daquele dia em diante, finalmente, felizmente, os brejauvenses puderam comer aquela fruta. Hum! Deliciosa, fenomenal, suculenta, musical. Sim, porque aquela canção fez um sucesso florestal. A bicharada escuta e canta, e ainda canta, escuta, ali, ó, de butuca, e ainda canta e batuca. E viva a fruta — que dá saúde e sapituca.

Fruta pé.

Preto pá.

Prata pó.

Pá pó pé.

De repente, de rompante, nesse instante de puf-puf, nessa chuva de pá pó pé, pipocou uma salva de dedos para a nossa querida amiga Tartaruga.

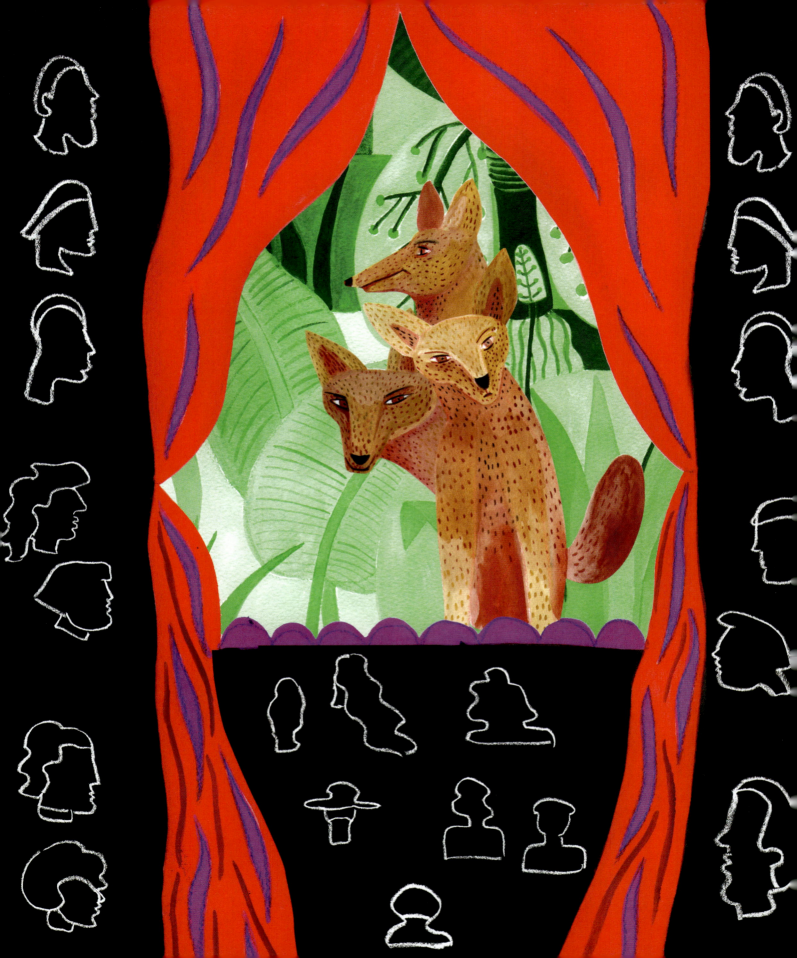

Não me esqueço da primeira vez que eu escutei esta história. Lembro-me como se fosse hoje. Fiquei imaginando um tubé de coisas, assim como vocês também devem estar imaginando. Por exemplo...

Qual foi a reação da Raposa quando ela descobriu que a Tartaruga ensinou o nome da fruta para todos os brejauvenses?

Uma vez, uma criança respondeu:

— Eu acho que a Raposa ficou pra lá de contente, porque ela já estava cansada daquela bateção na porta da sua toca.

Outra vez, uma criança falou assim:

— A cara de tacho passou pra ela.

Primeira conclusão da história: as histórias não têm conclusão, as histórias não têm fim pim serramatutim catibiribim fifirififim.

Já me falaram, também, que as histórias não têm começo. Não têm começo?!

Quem ensinou o nome para a Raposa? Como a Raposa ficou sabendo o nome da fruta?

Uma vez, uma criança contou a seguinte história:

— Antigamente, quem sabia o nome era a Tartaruga. Um dia, ela foi visitar a árvore para pescar uma fruta. A Raposa, sabendo dessa notícia, correu e se escondeu atrás do tronco. Seis meses depois, a Tartaruga chegou e falou o nome, mas... a fruta estava muito madura e caiu na cabeça da Tartaruga e matou a Tartaruga.

Segunda conclusão da história: as histórias não têm fim e não têm começo.

Numa bela manhã de chuva, raios, trovoadas e ventanias, vieram correndo me avisar que as histórias também não têm meio. Aí é demais! Confesso que fiquei boquiaberto, estarrecido, estupefato. Não têm fim, não têm começo e agora não têm meio? Afinal, o que tem nessa história?

Quanto tempo a Tartaruga levou para chegar até a toca da Raposa? Quanto tempo para voltar? O que terá acontecido nesses doze meses de caminhada?

Uma vez, uma criança contou a seguinte história:

— A Tartaruga ficou tão entusiasmada com a música que ela inventou, cantou tanto, tanto, tanto, que chegou lá debaixo da árvore sem voz. Os brejauvenses tiveram que esperar mais seis meses até a Tartaruga melhorar da garganta. Haja gargarejo! Grogogró gróóó...

Terceira e derradeira conclusão da história: as histórias não têm começo, não têm meio e não têm fim. As histórias, queridos ouvintes, não têm pé nem cabeça. Ou seja: a gente põe a cabeça e o pé onde quiser.

E por falar em "pé"...

Como é mesmo o nome da fruta?

Fruta pé.

Preto pá.

Prata pó.

Pá pó pé.

E o nome dessa fruta faz lembrar uma brincadeira maravilhosa, muito saboreosa, quer dizer, muito saboreada nos quatro cantos do mundo. "Fruta pé. Preto pá. Prata pó. Pá pó pé." Como é que é? Isso mesmo! E todos nós conhecemos um trava-língua. Por exemplo...

Jararaca Jabiquara Jabiraca Jabaquara.

Ababelado Abadalado Abobadado Ababadado.

— Senhor Contador de Histórias, por obséquio, poderia repetir os trava-línguas e, se possível, mais tartarugamente?

Toda catira do tipo catiripapo, quando tira, é cantoria, quando cata, é bate-papo.

Uma vez, eu falei esse trava-língua e uma criança veio correndo me avisar:

— E eu sei dar cambalhota debaixo d'água!

Como as histórias não têm começo, nem meio, nem fim, é natural que eu fique, assim, enroscado neste roscolofe.

Pensando bem, berembembem... Uma boa maneira de terminar esta história é acompanhar a nossa querida amiga Tartaruga e sair por aí cantando...

Como é mesmo o abracadabrante nome da fruta?

Fruta pé.

Preto pá.

Prata pó.

Pá pó pé.

[Esta história é uma recriação recreativa do conto tradicional "O cágado e a fruta", registrado no livro *Contos populares do Brasil*, de Sílvio Romero – recentemente lançado em 1885...]

Créditos da narração

Narrador: Francisco Marques Vírgula Chico dos Bonecos

A voz do narrador foi gravada e mixada no Estúdio Pratápolis.

Seis meses depois...: trilha original composta, gravada, mixada e masterizada por Jonas Tatit no Estúdio Pratápolis

Créditos da trilha

Seis meses depois...

Violão aço, violão nylon, baixo e programação de percussão: Jonas Tatit

Viola de arco: Fabio Tagliaferri

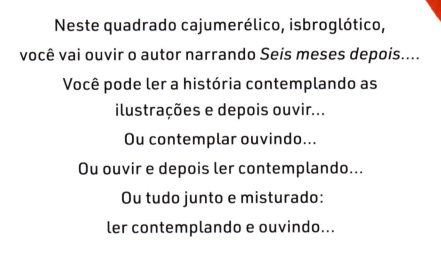

Neste quadrado cajumerélico, isbroglótico,
você vai ouvir o autor narrando *Seis meses depois*....
Você pode ler a história contemplando as
ilustrações e depois ouvir...
Ou contemplar ouvindo...
Ou ouvir e depois ler contemplando...
Ou tudo junto e misturado:
ler contemplando e ouvindo...

Taisa Borges

Sou artista plástica de formação, ilustradora e autora. Estudei pintura e estilismo de moda em Paris, na França. Depois de trabalhar um tempo com moda, descobri que o que eu gostava mesmo era de ser ilustradora. Isso foi em 1990 e, de lá para cá, ilustrei oitenta livros.

Pela Peirópolis, publiquei alguns livros de imagens, como **A borboleta**, **A bela adormecida**, **João e Maria** e **O rouxinol e o imperador**, e ilustrei mais de vinte títulos.

Francisco Marques Vírgula
Chico dos Bonecos

Gosto de contar histórias e espalhar brinquedos e brincadeiras milenares. Para os pais e os professores, apresento a peça **Muitas coisas, poucas palavras**. Para as crianças, a peça **Tudobolô**. Meus livros lançados pela Editora Peirópolis:

Muitas coisas, poucas palavras: a oficina do professor Comênio e a arte de ensinar e aprender (Direção musical de Estêvão Marques.)

Cartas de ideias do professor Comênio: uma instigante forma de leitura e troca de experiências (Em coautoria com Cyrce Andrade.)

Este livro foi impresso em papel couchê fosco 150 g/m^2 nas oficinas
da Pifferprint no outono de 2024.